La **bandera de estrellas centelleantes**
La canción y la bandera de la Independencia

Stephanie Macceca, M.A.Ed.

Consejos para la representación del teatro del lector

por Aaron Shepard

- No dejes que el guión te cubra la cara. Si no puedes ver al público, necesitas bajar el guión.
- Levanta la vista a menudo. No mires el guión demasiado.
- Habla despacio para que el público entienda las palabras.
- Habla en voz alta para que todos te oigan bien.
- Habla con emoción. Si el personaje está triste, la voz debe expresar tristeza. Si el personaje está sorprendido, la voz debe expresar sorpresa.
- Mantén una buena postura. Mantén quietos tus manos y tus pies.
- Recuerda que aun cuando no hables, eres el personaje que interpretas.
- Narrador, deja que los personajes tengan suficiente tiempo para hablar.

Consejos para la **representación** del teatro del lector *(cont.)*

- Si se ríe el público, espera hasta que dejen de reírse antes de continuar.
- Si un miembro del público habla, no le prestes atención.
- Si alguien entra en el cuarto, no le prestes atención.
- Si te equivocas, pretende que todo va bien.
- Si se te cae algo, intenta dejarlo en el piso hasta que el público dirija la vista a otro lugar.
- Si a un lector se le olvida leer su parte, trata de hacerlo por él. Inventa algo. Sigue a la siguiente línea. ¡No se lo susurres!
- Si un lector se cae durante la representación, haz como si no hubiera pasado.

LA BANDERA DE ESTRELLAS CENTELLEANTES
LA CANCIÓN Y LA BANDERA DE LA INDEPENDENCIA

Personajes

Narrador 1   Johnny
Narrador 2   Abuela
Caroline Pickersgill   Mary Pickersgill

Escenario

Este teatro del lector transcurre durante la guerra de 1812. Esta historia está basada en hechos reales.

Mary   Caroline   Abuela

Primer acto

Narrador 1: Casi todos los estadounidenses conocen la historia de nuestro himno nacional, La bandera de estrellas centelleantes. Pero no tantos saben la historia de la mujer que confeccionó la bandera que inspiró esa canción. Ésta es su historia.

Narrador 2: Corría el año 1812. El coronel Armistead acababa de llegar para encargarse del fuerte McHenry.

Narrador 1: En esa época, Francia y Gran Bretaña dominaban los mares. Esos dos países grandes les decían a todos los demás lo que debían hacer.

Narrador 2: Gran Bretaña comenzó a asaltar los barcos estadounidenses y a capturar a los marineros. La gente se disgustó por eso. Los Estados Unidos le declararon la guerra a Gran Bretaña en 1812.

Narrador 1: Durante dos años, Gran Bretaña estuvo ocupada luchando contra Francia. Cuando ambos países dejaron de pelear, la gente sabía que pronto Gran Bretaña dirigiría su atención hacia los Estados Unidos. Todos temían que las batallas fueran terribles.

Narrador 2: El coronel Armistead tuvo que preparar el fuerte McHenry para la batalla. Quería una bandera bien grande que ondeara sobre el fuerte para que los ingleses la vieran desde lejos.

Narrador 1: El coronel no tenía idea de que su pedido de una bandera grande pondría en marcha todos los acontecimientos que dieron lugar a la escritura de nuestro himno nacional.

Segundo acto

Caroline: Johnny, ¿qué tienes en la mano?

Johnny: Es una carta del coronel Armistead para tu madre.

Caroline: ¿Qué dice?

Mary: Quiere que hagamos una bandera para el fuerte McHenry.

Abuela: ¡Qué honor! La gente de la ciudad debe de comentar lo diestra que eres para coser banderas.

Johnny: Sí. Me dijeron que eres muy buena costurera. Y por eso te encargaron de esta importante tarea.

Caroline: ¡Y además eres rápida!

Abuela: Aprendiste bien. Vienes de una larga línea de costureros de banderas. Tu hermano también es muy bueno para hacer banderas. Estoy muy orgullosa de ti.

Caroline: ¿Qué más dice la carta?

Mary: El coronel quiere que haga una bandera gigante: ¡que tenga 30 pies de alto por 42 pies de largo!

Abuela: ¡Será una bandera enorme! No creo que haya visto una bandera tan grande.

Caroline: ¡Yo puedo ayudarte! Me estoy convirtiendo en una buena costurera. Y nuestros criados también nos ayudarán.

Mary: El coronel también nos pidió que hiciéramos una bandera de tormenta.

Johnny: ¿Qué es una bandera de tormenta?

Caroline: Es una bandera más pequeña que se iza cuando llueve.

Mary: Las banderas de tormenta no pueden hacerse con lana; se encogerían por la lluvia.

Abuela: ¿Cuánto tiempo nos da el coronel para cumplir con el pedido?

Mary: Sólo tenemos seis semanas.

Abuela: Seis semanas no es mucho. Pero ya hemos cosido banderas con ese tiempo.

Caroline: Será un honor que nuestras banderas ondeen en el Fuerte McHenry.

Poema: Coseremos juntos

Tercer acto

Johnny: Encontré un sitio espacioso para confeccionar la bandera. El dueño de la cervecería Clagget dijo que podrían trabajar en su depósito.

Mary: ¿Nos permitirá trabajar en su cervecería?

Johnny: Sí. Dijo que, como patriota, tenía el deber de ofrecerles espacio para coser una bandera de semejante importancia.

Abuela: Será mejor que comencemos. Primero, deben reunir todos los materiales.

Johnny: Por favor, denme una lista de todo lo que necesitan. Les traeré todo de inmediato.

Cuarto acto

Caroline: Estoy por terminar de coser todas las partes que corresponden a la sección de las estrellas. Me llevó mucho más tiempo de lo que suponía.

Abuela: Claro, porque cada una de las quince estrellas debe tener dos pies de ancho.

Mary: Habría sido más fácil si hubiera podido utilizar retazos de tela enteros.

Johnny: Hasta yo sé lo caro que es un retazo grande de algodón.

Abuela: También habría sido más sencillo hacer cada franja con un solo pedazo de tela. Pero las franjas son muy grandes. Hubiera sido imposible.

Johnny: ¡Mírenme! Mido lo mismo que dos franjas colocadas una arriba de la otra.

Caroline: ¡Y hay quince franjas!

Abuela: Debe de haber miles de puntadas aquí.

Narrador 1: Los expertos calculan que hay 350,000 puntadas dadas a mano en la bandera que hizo Mary para el fuerte McHenry.

Abuela: Miren, de ambos lados se ven las mismas estrellas. ¡Ahorraron tela e hicieron que la bandera fuera más liviana!

Mary: Acabo de medir la bandera. ¡Mide 1,260 pies cuadrados!

Caroline: ¿No será demasiado pesada para ondear?

Abuela: La lana es un tejido muy liviano. Eso hará que la bandera sea lo suficientemente liviana para ondear con el viento.

Mary: Johnny, ¿me ayudas a pesarla? Luego la enviaré al fuerte.

Johnny: ¿Te pagarán mucho dinero por hacer esta bandera?

Mary: Soy muy afortunada, Johnny. Mi madre me enseñó un oficio importante que me permite mantener a mi familia.

Caroline: Y la bandera de tormenta es aparte. También nos pagarán por ella.

Johnny: Quisiera preguntar algo. ¿Por qué la bandera estadounidense es roja, blanca y azul?

Abuela: Nadie lo sabe con certeza. Quizás el rojo represente la valentía.

Caroline: Tal vez el blanco simbolice la inocencia.

Mary: Y el azul representa la justicia.

Quinto acto

Narrador 1: En 1812, Francis Scott Key se desempeñaba como abogado. Pero quería unirse a la lucha por la libertad.

Narrador 2: Key dejó su trabajo de abogado y se unió a la guerra. Ayudó con los cañones y reunió provisiones.

Narrador 1: En septiembre de 1814, los soldados británicos capturaron a un médico estadounidense. Francis Scott Key navegó en un barco pequeño para ir a ver a los británicos. Les rogó que liberaran al médico.

Narrador 2: Por suerte, los soldados británicos liberaron al médico. Pero los forzaron a los dos a pasar la noche en su barco. El ataque al fuerte McHenry estaba por comenzar.

Narrador 1: Era un día lluvioso. Entonces izaron la bandera de tormenta en el fuerte McHenry.

Narrador 2: Los soldados británicos bombardearon al fuerte con 2,000 balas de cañón. El cielo se encendió por las llamas. Y el suelo tembló allí y por muchas millas a la redonda.

Narrador 1: Las bombas explotaban en el aire. Los misiles estallaban y caían al mar. El agua empapaba los barcos del puerto.

Narrador 2: Fue una batalla difícil. Pero los estadounidenses sabían que podían vencer. No se rendirían ante los ingleses.

Narrador 1: Las bombas chiflaron y luego explotaron en el aire durante toda la noche. Francis Scott Key observó el ataque toda la noche.

Narrador 2: Cada vez que el fuego de un misil encendía el cielo, Key miraba hacia el fuerte McHenry para ver si la bandera estadounidense aún ondeaba, y aún lo hacía.

Sexto acto

Narrador 1: Por la mañana del 14 de septiembre de 1814 reinaba el silencio. La lucha había terminado y la batalla había llegado a su fin.

Narrador 2: El coronel ordenó a sus hombres que izaran la enorme bandera que Mary Pickersgill había hecho para el fuerte McHenry.

Narrador 1: ¡Ahora todos sabrían que los estadounidenses vencieron a los ingleses!

Todos: ¡Icen la bandera!

Narrador 2: Con la primera luz de la mañana, Key miró hacia el fuerte para ver si la bandera aún ondeaba. Al principio, lo único que vio fue una gran nube de humo. Cuando el aire finalmente se despejó, Key vio la enorme bandera ondeando en el aire. Era la bandera de Mary Pickersgill, con sus franjas anchas y sus estrellas brillantes.

Narrador 1: Esa imagen fue una gran inspiración para Key. Tomó una carta que tenía en el bolsillo y comenzó a escribir un poema.

Narrador 2: Lo llamó La defensa del fuerte McHenry.

Séptimo acto

Narrador 1: La música que fue puesta al poema de Francis Scott Key se convirtió en una canción popular.

Narrador 2: Más tarde se convirtió en la canción que hoy conocemos como La bandera de estrellas centelleantes.

Narrador 1: En 1916, el presidente Woodrow Wilson la declaró canción oficial de los Estados Unidos de América.

 **Canción: La bandera de estrellas centelleantes**

COSEREMOS JUNTOS

Nos exigieron un trabajo.
Lo haremos con honor.
Coseremos y coseremos
La bandera en su esplendor.
Con rayas blancas y rojas
Y unas estrellas sobre el azul.
Representa el poder y la fe
Y adcmás la gratitud.
Trabajaremos juntos.
Juntos lo acabamos.
Una bandera con estrellas
Que muy alto ondeamos.

LA BANDERA DE ESTRELLAS CENTELLEANTES

O, diga en voz alta,
Exclama con orgullo,
Por la luz tenue del alba
Hasta el crepúsculo.

Con rayas anchas y estrellas
En la lucha peligrosa,
Sobre las murallas ondea
Con valentía milagrosa.

El cielo rojo ardía,
Y las bombas explotaban,
Pero no se destruía,
Nuestra bandera quedaba.

Ah, ruega que la bandera nos sirva y proteja
Sobre tierra de libertad, donde la gente festeja.

GLOSARIO

cervecería—establecimiento comercial donde se remojan cereales en agua y se utilizan principalmente para la elaboración de la cerveza y para la destilación

costurera—mujer que cose, generalmente para ganarse la vida

himno nacional—una canción que describe los sentimientos patrióticos de un país

ondear—moverse en la forma de ondas, especialmente con el viento

patriota—sentimiento de amor por el país de uno

peligrosa—llena de peligro